帰、去来

陶原　葵

思潮社

帰、去来

陶原　葵

問既一般　答亦相似
飯裏有砂　泥中有刺

——無門関

岸

媼がひとり　皿を並べている
山だしらしいありかたで。
それにしても天日干しはよくなかろう

火に押しやろうとしても
むこうですきまに指をはさみこみ
窓のない部屋に何日いられるか、
試す眼で見返す

火落ちのけむりに汚れた
そこに　星はついているか

天の砂利の

しゃり、
というのは
ずいぶん不吉なので
そしゃくはやめておく

底引き網、
疾うから刃物は生涯禁忌
左手は針金で縛られたままだ

縦に掘れば見つかるかもしれないが
あまりの唐突な隠れかたに
枝という枝から　芽が吹き出していて

（記憶に時効は　ないのだよ）

懐かしのわなは　まだ
とぐろの平面上に
あるのだと

卯木

空木

みをひくくして
うらじろの森をぬけ
青い卵を、ぬすみましたね
――孵化するばかりだった

あぶら堀のふちに立ち
葛ながしの大気に
いしぶみ　なげいれる

飛沫は　、　酸
眼を　　耳もふたぎ

くちべろを割ったので

仮止めのビニールテープをそよがせておく

「記念にと思ふ心よ　あるものか！
…思ひ出は悲しきに

かえしたきびす
輪切りになった風のぬけみちが
ゆくえを
しめしていますよ（ひとをわずらうことの

「いつかだれかが、みつけてくれる
「そろそろお昼に、いきましょう

窟

花の首の折れ方
その細胞の潰れ方が

並んでいる

わたしが首をまわす亀裂音は
そとの耳　にも響いている　か

夜　にはまだときおり
覆水を手ですくい
集めようとしている　のだが

行き交うひとはみな
満杯の螢籠をさげている
（どこかで風船の糸が絡まりますので

地にはりついた月、

（左の指からながれだす
　ものを燻す匂いよ
（このさき、どうなっているか、
　だれか、みてきてください

わたしにはたしかにみたことのあるけしきなので
遡上する滝　を追い

いつか聞いた
水琴窟　の
とうめいなひび　きを届かせる

身なし貝　を　拾いに

眠、度、処方

今日も　夢　は胞子　をまきちらし
記憶　を蒸散　している　らしい　けど

それ　おぼえている夢と　そうでないのがありますが
どのように　ふりわけられているのでしょう

「……大きさが　ちがうのですね」

気のもちよう、とか　考えかたのちがい、なども
大きさ、でしょうか

（そこに　どのような網が。

「浸透圧では　ないようですね」

せめて朝までに　イシモチの耳石のまわりを　三周はしたい
のですが。

「魚は　むずかしいです。　眼を　つぶりませんから」

とじてしまう、と　膜のむこうでは　ミズスマシのように
くるくるまわるものが
てきとうに　ことを処理しているのです

「死んだ貝は　ひらきませんからね。
出入水管、カテーテル　いれてみますか　レトルト用に」

眼も口も。大変に　渇いていた　のですが。
みな　塩はない　と言い張るのです

「爪の暦を　読むことですね」

すきまを、どうすれば。

「〈間〉ですか。　やむをえませんね。
それしか、ありませんから。
すべては連続する〈間〉で、できているのです」

それでも何か　　かちん、と　あたるものが

「それは切っ先が　刹那　に　触れたと思われます」

なんのことはなく
お互いの眼窩から　細い　両の手を差し入れ
しわのない脳を　つるつる
撫であっていただけで

柱

耳のおくに澄むものが
噤むことなく
…これは自分の影におどろいて逝ってしまったひとの通夜
と　告げている

(指先からはいつも
匂いのある　気　が生じているようなのですが
(なおしてくれるところはあるでしょうか

夢に戸をたてることは
できないから
今日もそこに笑っているひとが

ふりむいて

(私は通夜の果てにただ片づけるために
　招かれたもののよう　で
(出来事はすべて個の履歴　その比喩に過ぎませんよ

目覚めると
会話に疲れ果てているのに気づき

　　いま　、　今　　　いま
　　　　を　　つなげてつなげて
前へ　　　　まえ、へ
　　すすまなくてはならぬこと

毎日　手おくれ気味に
なにか　待っていたのだが
おそらく
大きな約束をわすれている

ぎりぎりと地を垂直に切り抜いた
氷の柱、　土の棒　　が

一千年の気象
幸いの満ち干　について
饒舌に語っている　のに

たずねてみたいものが
あるのですが

（地球の自転に体軸を合わせようとしてきましたが
　　どうしてもまっすぐに進めない足
　何かが、肩につかまっているらしく

（手に触れる鉱石らしいものを摑み
　すきまに、挟んでもみるのでしたが
　　それは自分の、組織だったようで

煤けた虚に
翅のない蝶
眼をあけて

あつまってくる夜に

根雪を踏んでしゃがみ
孩児はうさぎの産卵を待つ

やがていくつもの白い
ましまろのような　°°　°
それを

孩児はつぎつぎ
くちにいれる

とうめいな指にひろわれた卯卵が
雪だまりに残したまるい凹みや

あしあと　あしあと　　に
月がひかりを溜めている

（すこしきらいだった　カシューナッツのかたち
　　三日月のひかりはまがってる

いつか覗いた朝の葉の
光合成をまねて
ひろげてみても
すこしも厚みが出なかった
色のない手のひらを

やわらかな
蠟細工の爪に
すくいうけられて

むこう岸へ

みおくる「みんなたち」

たちどまり
すこしふりむいている
みなれた背

雪あかりの影は
うごかない

＊

そのとき

あらぬことくちばしり
ふだんのうみそになにがかかれているか
そのまずしさにもかまわず
わなわなひろうひれきしてしまって
やたらとよびかけてしまって
いきなりてわたされたずっしりおもいみとりの
そのてざわりに
ふかくひめたことのおんどをためた泡を
つぎつぎ　くちからあふれさせてしまって

こけむしたうめ

さわらびのはる
のどあかききつつき
　　（いきもの好きの孩児よ
ふよう
すすきのかげり
くろいはんげつ
ぶだうはたわわ
われもこ、

金の梨地の川、
そのむこうでかならずまつように

著莪

胡蝶花

この花はさびしい
同じ胡蝶でも蘭はめでたく華麗なのに
紫というより青墨をうすめたような地味な

小学生ふたり　朝夕のめぐる間に
足を運んでいたほんの二ブロック先の図書館
前庭に一面に
花そのもののさびしさを覆うように繁茂する力、　力

　　さびしさの
　　　力　？

（一株欲しい　　でもそれはこの青い
　うすい幸を連れかえってしまうことだから）

鏡の裏に　階段をおりてくる痛みが映る
展翅板に刺されたまま　発光する螢よ
とじこめている思いがあるでしょう子ども
ことのはにむすぶことができず

花　はだめなのです花びらにふれることは
花はいつだって
　（つめたくしめっていますから）

このいきものを抱きなさいほほえみにひろげて
飴玉ほどのおおきさの臓器をてのひらのしたに
脈とともに溶かして　ゆきばのなさをせめて
左文字で記して

帰、去来

i

あれが誰だか知らないはずはなかろう

知らないはずはないのですが実をいうと
それは誰だって　かまやしないのです

誰なのかここにいるのは。

足もとに近づいてきてなつかしげに見上げる
その目つきを　　体温を
おぼえている　だからこれは　　きっと
わたし　なのだろう

夏の庭
石灯籠の上の珠が落ちていたので
しずく型のつけもの石ほどのそれを持ち上げて
乗せようとしたのだが

?灯籠の上に——ですか？

石畳　すきまの土から
錆びたものがいっせいに発芽している

ナニカ坐ッテイルカラ駄目デス、

場所ヲ移ッテモライマショウネ
　頭上ノ仏ハ重イモノ。

ソダテテモラッタ記憶ガネ
イチバン忘レヤスイノデス

幼いころ　ここに
等間隔に　釘を打っていたのだった来る日も来る日も
無音を沈ませて

ミジカイ鳥ヲ飼ッテイタネ、ツッツキナガラ
ワカイモノハ恢復ガハヤイ
悲シミサエモウ代謝サレ　ハンコンヲミセナイ

あれ以来、のおとずれを
親しいもの　に思って

アラ、トウトウ来タネ。

ii

なぜあそこにいったのか
よりによって
（つかれていた
知らなかったあんなに大きな
土饅頭が盛られているとは

白い丘はそのままで
表札に四人の名
知らないひとたちの。
（まだここにいるのか

（つかれていた
意味を問うことに
わかりきった答えが
耳朶に噴きあげ吹きこむのを知りながら
問うことをやめられない自分に

終わったものばかりが満ちる駅におり
後ろ姿ばかりをみせる影に随いていった

整備された公園に
空間をよごす異物としての　像
薄闇にそびえ

その胸　のあたりを　どん、　と突いてみるがそこに
空洞のやさしさはなく

おぼえていることとの反作用に押され
よろける足もと　　昏い

沈んでいくのは
湧水があるのだろうか
ここは低い　水の出る土地だったろうか

（俥を置き笠を置き
　西にむいて腰をおろす影

あの廃屋はもうないが
となりのゴンドウさんの家には今も灯りがついている
かつて花びらが道をよごした八重桜は伐られ
新築がまことしやかにかしこまり口をぬぐおうとする

青い円屋根に降る星は
ちゃいろに錆びてはりつき
背後の砂漠を暗示しながら
むこうがわに燃えおちた焦げた姿を
あくまで隠すのだが

自転の鼓動に呼ばれてしまって
またここに佇つ自分をしんそこ疑っている
しょうこりもなく

無駄というしかない　こんなことをしているあいだも
点滅するいのちがあるのを知っていたのに

それはあのとき、月が欠けていたのだ
と言い張って
視野のない領域におしやっていて

（つかれていた　？
　　ひきよせるつよいちからに
　　あらがうことに　？

（つかれ、というものをついぞ知ることはなかったのだが
　　今　おしえられているのかもしれない

腕の中にぐったりとしているもの
　　（闇を一身にひきうけて
　　　口呼吸しかできないでいるもの

（——置き去りにしていたのではなかったのか
　記憶の毒をすいとってくれたいのちを

iii

慈しんできたものはもうどこにも居ない
無いのだ、
と言っても何度でも
居たはず
在ったはず
の　場所を見にいく

遠いさんざめきのきこえる
佇ちつくす場所、　いつもここ、
知らず暗転していた世界がふいにめくれあがり

正体を示した、　　ここ、

陰圧に足をとられよろばいつつ
たどりついた土を握る

その湿りけが渇くたび
たちもどりかくにんしたくなる

湧きでるあふれる
水温　が
かたち　　をもとめ

漉かれた紙　　となって
あのころをにじませている

うすずみの、

薄　住

ね　つぎ

根　継

ね　たやし

根　絶

ね　たち

根　断

iv

まとめて千葉あたりにうつってしまえばいい

履歴を消すためだという
なぜ千葉なのかはわからないが
発言者の想像できる限界域なのだろう
それがあまり遠くなくて
たぶんときおりの懸念の及ぶ範囲
らしいのでもあった

あの日の天気をおぼえていない

呼び鈴が鳴って
知らないものの侵入を拒み
あきらめ

朝の食卓にはお弁当につめた残りがあって
室内に洗濯物が干してあるのを恥じながら
机の引き出しがかき回される音を聞いていた

墓を肥やす五月　だった
その月に子供を産めといわれたころもあった
椎の木が強く匂う窓で　病児の傍らにいたことも

坂、　　坂、

小石川西丸町、　　小石川丸山町、

空を闘る庇、　樋　すべての銅《あか》　持ち去られ

有田の洋食器　地中に埋め

振袖　　雛

ソカイ車は災えて

鶴岡、　　黒塀の家

草津、

あの日の天気をおぼえていない
天気はおぼえていないけれど
コールドクリームの瓶に埋め置いた
アクアマリンの指輪ひとつが

いま残る
手に負える
暈かぶりの空

海、　　　　海、

館山、　呉、　　けんだりー　でんぱさーる
ばりっくぱぱん
にゅーぎにや　　　まらりあ

島、　　　　島、

とらっく島　　春島　　楓島

言フ勿レ君ヲ別レヲ…
我ガ征クハばたびやノ街
君ハヨクばんどんヲ衝ケ*

…父の書架に詩集など見たことはない
そらんじていたのだろう一字一句
ヨネノグチの名を知っていて驚いた事もあった

「魚雷を受けガソリン缶の誘爆　咄嗟に頭上の軍帽に保護した腕時計は昭和四十年
まで時を刻む
タピオカタロイモ　サゴヤシ　副食は藷の葉からパパイヤ塩漬　ヒルガオ椰子油
椰子酒　甘藷は年三回収穫　煙草巻紙にコンサイス　ヤシガニを瓶に入れて発酵
させ蛋白源　鱶　ウミガメ　オオトカゲは最も美味　コウモリ試食する者あり

さいぱん

火炎樹　ぐぁむ　鮫

海、　やっぷ

…ガーゼ（タオル代用）　三角巾（褌代用）　鋏　ブドウ糖注射液　アルコール
苦味チンキ（酒の代用）　盗難絶えず　ゴム管欲しさに聴診器　ナイフ欲しさに
メスを盗まれぬ保証なし　――「こんな軍紀の乱れた兵隊の治療はもう嫌です」

…衛生兵の報告に腹に据えかね明日からの休診通報宣言す　士官室は私への非難集中　私の屁理屈に頑強に反対した最年配の特務士官曰く三十年近い海軍生活でこんな無茶な話は聞いたことなし…しかし農耕作業嫌さに診療受け投与した薬が道路に捨てられる現状許すわけにいかぬ　しかも印鑑を無断使用して粥食証明を作って食べる者あり　爾後必ず便を検し粥食米食指示し印鑑は私が所持す
特務士官はさっと顔色を変える（私は彼のしていることを黙過していたのである）
以後医務課に関する限り盗難止む　しかしこの件その後長い年月　心の片隅に少なからず負担

水

水、水

「宗谷」、

…二千名の殆ど栄養失調　祖国を目前に若者の戦後の死ついに四人　半旗　敬礼
水葬の棺を包んだ軍艦旗　すでに武装解除ゆえ錘とする砲弾薬莢なく　旗の紅
白い航跡にいつまでも浮沈して艦を追うがごとく視界を去らず」

水

陸

久里浜、

坂

小石川丸山町、坂

…焦

土

土、

土

草津、

あの日の天気、おぼえていない
天気はおぼえていないのに
あの日に被さる空　だけが
インド映画のようにあおい

＊大木惇夫「戦友別盃の歌」より

v

庭のひたいでゆるされる焚火はもう
迎え火だけなんですが。

帰ったときの午睡　その深さから
うっとり目覚めては
ぼうぜんと穴のふちに手をかけ

ずいぶん前に投函したものを取り戻すことなどないな、と
時の無関心にあらがうことはせず
日帰りの夏を過ごす

つま先の熱は　どうやら
長いこと　なにか
踏んでいたらしい　のだけれど

いなくなったものの尿　やら
もうあるはずのない匂い　が
存在のあたたかみとして湧いている

夜中の廊下
柾目の夢に背を向けるのが
いまできるただひとつの処方。

そうじはしないまま
雨戸を閉める

渕

気象　という溶剤のなか
渕　をたずねる

一羽きりでいるので
かしましい椿をきくこともない

手をさしのべる霊たちが
辻占としてつらなっており

水底から水紋を見あげている　というのに
鼻をつくのはものの焦げる匂い

手のひらをつく出迎えは
ぬかづいて
むこうむき

　（坂、が　いけなかったのだ
　　　越えたところばかりを
　　いつもほのめかすので

かくしていた霧灰に洗われた
家のおくには
消えた線香が立って

動物のはこんできたなにかのむくろがおちていて剣呑なので
埋けようと掘りかえしていたら
いのちはえあるあさぼらけ　の地層にあたり

せんもう
さくらん

あんがい深い根　なのだと知る
なつかしいものなのだ永遠とは

ねむりのあいだ
ながれだしてるもので
髪がひとふさ　かたまっている

それを切り落とすことで　朝、

たいていそれは　木曜　？
はじまらない祭を待つ日

蚊柱の撒く闇に
横たえた鏡を踏んで立つ日

映りこむ花火を。

廬

イワテ

芒の原
むしのね巣抱く月のころ
セキリョウという鳥をてなずけて
結界の糸車を廻している

あだたら、だらに
　あだち、　のはら

あだたら　だらに、めくらじま、
あぶくま、あだち、
　ち、　ちえ

閨《ねや》は骨でいっぱいなので
　一本松
　　二本松

下に舞う　舌赤き媼
いやあれは翁か

（桃にあって、苹果《りんご》にないが
栄螺《さざえ》にはな、成長軸があるですよ
　一本は前、
　　一本は背中、*

（あかごみどりご、みず、こ、
（太陽はえめらるど
（ユキノシタの葉を揉んでアオミズを噛み

あぶくま、ち、　ち　え

寒い闇は即身のほこら
枕もとに粉雪がつもり
炬燵がいのちの発酵のありか

光

と　刻し
翳し見る宿世
刀身に映る冷気
その稜線を追ってゆく

あだたら、だらに　………

囲炉裏の熾に
兎首《テラコッタ》ひとつ。

＊高村光太郎「回想録」より

痾

奥底に亀裂が在り
からからにかわいている
手を触れられないほど　奥なのだが
しだいに　大きくなってゆくその輝の
かたちは眼にうかぶ

見ないようにしないと　そこにむかって
暴言を返しそうで
（足をなくしても　走る夢は見るだろう）

見えるときは鼓動が
足音として近づいてきて

（癒えていないのだなすこしも）

もう滲み出すものもなく
痛みもない
とうの昔に失くした足を　つい掻く

かさかさのものが　そこに
在る　ことだけを
凝視しながら
おびただしい発汗に堪えてゆく

ひ　の　うちどころ

御身の裡に納められた三千胎もの仏さまは
傷一つ　変色すらなく無事

なのに本体はすっかり炭化　して
大きな焼け棒杭（そのまま重要文化財）

なにしろ仏が焼かれたのだ紅蓮の炎に

完璧なはず　だった
だって仏像にひがある　と誰が　？

なにくわぬお顔で実は

三千胎も　を　孕んでいたこと

いや　全き姿など
この世にあってはならない　のだと

きなくさい悪意　燃やし
表面を焦がし

業、　業　　といいつのる声に

「ワザ　　ワザ」と微笑みながら
ふ　と　みずから　ひ　をともされて
そこに身を投じること

究極、と思う敬虔さで
瓔珞に止まる　一匹の

蠅

点

i

定められた領分超えることなく
弾くそれぞれの粒子たちが
この世に色をかぶせ
大気の幕をはっている

粒たちはかたちをもたない
ころがるだけの質量と
位置だけがたしかに

もうないものを補ってみたすことはできないので
せめて　乳糜《にゅうみ》をたたえた手のひらをこすりあわせながら

くちぐちにおくってよこす
てんめつするものを拾おうと
儚い完結の苦艾《にがよもぎ》を摘む
ゆびの染まりに占う

「憶えているひとがいないのでね、いなかったことになっているんです」

かき回す　糜《かゆ》の鍋
厨房は　罪を　ひけめを
あらい流す場
やさい　あらい　　切り
削いで研いで
ねっしんに
秘　　をかくまう

とまらない蛇口の水が
眼底をあらわしてしまわぬよう

また　ひとつ
いっときの細胞として代謝され

まわりのものは
ただ噴きこぼして

ii

「〈点〉は、位置だけがあって、面積はありません」
「〈線〉は、〈点〉が動いたものです」

？？？？

中学の教室で聞いた驚異　！

（そんなそんな、

そんなことつて、あるでせうかだ

首をかしげながら垣間見る

子ども期の算術がおわり
天体へ走りだすもののうしろ姿

流星痕のかたちにあくがれ
鍵穴のような靴をみつけて
身体をながしこむ

（いまはここにいていいのだ）

封印につかうはずの蜜蠟、
排水口にそそいでおく

穴

i

葉を噛みながら
穴　　に眼を向ける
もう
とうに味はないのだが
葉脈はまだ　舌に絡む

めざめてしまったので
またそろそろはい出しては
皮を延ばし延ばしして
その上に横たわり
頬をよせてみる

穴

渡ってゆく川には
寒山拾得がいて
わたしは初めて饒舌に
こちらがわで起きたことなど
語りはじめそうな　気がするのだ

長いこと
知りびとの住んでいた家なのに
一度しか
しかばねを迎えなかったことについて

野火を探し
延焼の蔦をなぎ倒す棒を手にする
まだ渡していないおくりものがある
「充ちたりきったものは記憶などあたためないものです」

菊の花は嫌　と
思っていたが

ある日の庭

わたしが倒れているなら
そこに咲いているのは菊　が
いいようにも思い

そこにしたたる
ならでは　の
甘露も
あるように
思い

ii

穴、が気になるのなら
それにあった蓋、をさがせばよい
蓋のうえには街があって
似たような品ばかりを売っている
つかいみちのわからない
笏？　鈷？　　に似たものとか

降りてくる日は
すきまがあいているからなのだ

花の降る
花の降る
そこから覗けるのは
どこかでみたことのあるばしょ

なつかしいものたち
若くあたたかな月を抱いて
車座になって

減築の庭

　　土　　黙し

草の根　　　許さず

滲み込んだ　現像液
上に建っていたものの

　　　　欠乏

匂わせ

盛り土　なじまず
重みに耐えずにすむ今日にあくびをすることもない

過ぎる　蹠《あしうら》

すいぎん　ささるよ

帰ってきたものは
駅前で配られていた
アキナデシコの種をふりかけて
来年の機嫌をうらなう

（笹の葉は　まるいよ

百合の蕾は　へびのあたま
（罌粟のは…

（るしゃなるしゃな

（扁壺をおく
蓮布団、に　　おすわり

（左右対称は　この国にはないよ

﹁めはりめはり、やなぎ…

﹁円環ノ舟　独釣ス、
　唐破風

落とし金具に蟬がいて

鍛えたばかりのはがねに
﹁瓢簞の、かきのへたにも

酸っぱ玉が
ふりしきる

どうなんだひととして、といわれたので
すっかりうらがえってみたが
ひとであることを証明できるものはなにもない

首根っこをきりおとせば
おさえつけのつぼはなくなり
生はへいたんにゆうゆう、
卯卵をむねにのせ

三半規管は取り出して埋めておけば
ステップオフにはすこしの狂いが生じ
築地《ついじ》のねじもゆるもうというもの

血縁はまったくないのに伯母さん、とよんでいたひとに
もらった二〇〇六年版一〇年日記が手もとにある
これで先の契約をむすんでいたらしく

耳なしのワタさんにことしも草取りをおねがいする
　……ずっとわかいのに
などはこのさい　くさばのかげだ

在不在の遺物は遺失物

「以後、容器はすべて、使い捨てで」

「来月は、更新なしで」

「リフォーム天井材には、絶滅種の貝殻を使います」

むぞうさに草をひくワタさんに

ああ、そこからは骨が、
そこを深追いしては、と
硝子のこっちがわでおおさわぎしている

浅く埋められていた土なのだ

（庭には出さないよ
なくなった縁側のあたりで
陽をあびておいで

（あれはいつか　琥珀の中ですれちがった眼

かつて　ちいさな池だったあたりにしゃがむ

（池に入ってはいけないよ　沈んでいるからね

（でも　誰も沈んでいない池などあるでしょうか

（…水掻きが退化したので　たいへんになりました

きのうのゆくえは
しごとするワタさんの
うなじのあたり

長年の真面目な草ひきで　えぐれてしまった土
その上におく
石の色をかんがえてみる

（脳はいくつものかたむすびでがんじがらまっており
その硬さが　瞼の下　　にまで
触れるようになって

よそのうちの屋根には
雨が降っている

笥

よをしのぶかりのすがたがいくつかある
どれも　へりにすわって
ひとこともはっしないのがつねである

それぞれかかえている平熱がとてもたかいので
もてあましぎみに
てのひらにころがしているようすはみえるけれど

石棺のすきまから　じわ　と　放射する過去に
口も腹も割ることができない

かなたにあがった虹いろの火柱はまだ
眼のおくにのこる　が

瓦笥《かわらけ》に流し焼かれた釉の
垂れのかさなり　うつろいの濃さとして
このごろは　すがたをみせる

貫入から
素の土肌を透かしみると

おぼえていることが
びいどろ
びいどろ　と
滲みだす　けれど

硝子質のよどみを
両眼いっぱいに溜めたまま

どこかしらの
へりにすわっている

２０×５

わたしの場合、２０がひとつの単位時間なのです　かくかく　ころころころ

ただの１００、　である。
でしかない。たったの。

五角形《ペンタゴン》のひとつのブロック　の
三角形（ウロボロスは入れない、自分の鱗には）さえも
慈しみ手のひらに留めおけなかった　　　から

いつになっても真っ当なかたちを成さない
とんがった角を撫でながら刺しながら

（戦をくぐり九死に一生を得ながら９０超えて
　生きられる人はもともと、作りがちがうんですよ、
　　内臓の位置からちがってるのです

それにしても正しさは寂しさを肯い続ける
それはたぶん虚を埋める　匣　だったのだろうが

そも、虚とは四角いもので埋めつくせるものなのか
何というほうりかた
時、を水たまりのようなかたちに仮想して
そこに本みたようなものを詰めてみたりして

岸の向こうに
新芽を吹いた柳が見える
あの枝の撓むように居れば
父の寂しさもさほどではなかったのに

遺してゆくものへの懸念その無念
時《ジ》も空《クウ》もうしなわれる　瞬間《セツナ》
匣のように周囲を固め
血筋をめぐらせる

その昔々
父　だった人に予言された寂寥孤独
母　だった人に見透かされた幸薄さ
それを知るいい子だったともだちがいて
円卓をかこむ日曜のよる

湯気の立つ蒸籠ごし
このごろはすっかり
うしろ姿に納まりかえり

揉みしだいた布のような皮膚を眉間に
欠けた三角形の鱗いちまい舐めまわしては讃美しつつ

いつからか　ただ
流れてくる水をまちうけるばしょ
として
星にはりついている

だからおたがい、霊になって
登場したりすることもない

結果　なのに結末　　のない
ばしょ　　だけがある

土には、埋めてあげなさいね
うっかり昇天蒸発させてしまうともうそれは永遠に
空《クウ》の軌道をまわり続けなければならず
もどっては来られないもう会えなくなる
どこにも還ることのできない宇宙葬ほど
ざんこくなものはないのです

＊

めまいのような
発作のような
百年にみたぬ
時のまの
どこかに
これだけは、
という硬さ　の
高い氷点

けしてとけない凝りのように
からだの奥底にある
冷え　の純度

螺鈿のセロを抱きながら
あたためまもる

　cell、　cell、　cello

透蚕の浄心　手の中につつみ
なかそらにむけて
ゆびをいっぽんずつ
ひらいてゆく
いつか記憶がほとびる
そこからの綻びを待つ日

いつかすれちがう児の
あえかな頭髪が
夕刻のひかりに吹かれて

本文中、ゴシック体部分は中原中也より

目次

陶原　葵　とうはら　あおい（１９５５〜）

『リターン』（１９９９　ふらんす堂）
『明石、時、』（２０１０　思潮社）
『中原中也のながれに　小石ばかりの、河原があって、』（２０１３　思潮社）

帰《き》、去来《きょらい》

著者
陶原《とうはら》 葵《あおい》

発行者
小田久郎

発行所
株式会社 思潮社
〒一六二—〇八四二 東京都新宿区市谷砂土原町三—十五
電話〇三（三二六七）八一五三（営業）・八一四一（編集）
FAX〇三（三二六七）八一四二

カバー装画
津田貴司

組版・装丁
川本 要

印刷・製本
創栄図書印刷株式会社

発行日
二〇一七年四月二十九日